微笑之境

孙霄兵 著

一个老人
坐在海滨的长椅
平静的目光
随层层的潮水飞去
点点的白帆拴着海鸥归来
同伴们当年邀他一起出海

敦煌文艺出版社

图书在版编目（CIP）数据

微笑之境/孙霄兵著. -- 兰州 ：敦煌文艺出版社，2014. 11（2025.1 重印）
ISBN 978-7-5468-0769-0

Ⅰ. ①微… Ⅱ. ①孙… Ⅲ. ①诗集－中国－当代 Ⅳ. ①I227

中国版本图书馆CIP数据核字(2014)第263375号

微笑之境
孙霄兵 著
责任编辑：曾 红 尚晶晶
装帧设计：石 璞

敦煌文艺出版社出版、发行
地址：（730030）兰州市城关区曹家巷 1 号
邮箱：dunhuangwenyi1958@126.com
0931-2131373（编辑部）0931-2131387（发行部）

三河市嵩川印务有限公司印刷
开本 720 毫米×1020 毫米 1/16 印张 9.5 插页 9 字数 50 千
2015 年 1 月第 1 版 2025 年 1 月第 1 次印刷

ISBN 978-7-5468-0769-0
定价：36.00 元

目　录

1988–1990

1991–1993

CONTENTS

微笑之境

1978~1981

今夜

今夜　刚升起第一颗星辰
雪花儿就落在大地上
最后的菊片已融入尘泥
梅花又在枝头冻僵
沉默的我像一粒芝麻
仰望高冥的上苍
星光下　一滴水
也是晶莹的光芒
一团星云　在辉煌的银河里
也有微弱的热量

今夜

今夜　刚升起第一颗星辰
雪花儿就落在大地上
最后的菊片已融入尘泥
梅花又在枝头冻僵
沉默的我　像一粒芝麻
仰望高冥的上苍

星光下　一滴水
也有晶莹的光芒
一团星云　在辉煌的银河里
也有微弱的热量
我却像一只三叶虫
用粗糙的尾翼
去舔舐毒蛇的绿芒
却像一株三叶蕨
呼唤着肉食的虎豹
从林莽中奔出

去驱散鹤的低回　鸽的高翔
儿时捏成的黄土小人
万年后变成化石
也留有第一次摔撞的形状
今夜　冥王星的光虽遥远
空中自有它们的乐章
望长城迷离　关山渺茫
我说星光啊
还我心花万朵　热泪千行
还我初恋的热情
还我儿时的幻想

冬夜多么冷　多么静
静得像一块荒原
冷得像一块轧钢
星光啊　为什么这样冷漠凄凉
我告诉星空　别这样

高原有火山的烛
峡谷有地震的光
星光下　苍松的碧血
早已融入杜鹃花的清香
原野里　小鹿的泪水
早已凝成红宝石闪亮
我刀伤累累的心啊
还是苹果一样的圆
硬玉一样的刚
也许　我是一条蚯蚓
没有双眼没有思想
但我能从冬眠的呼吸中
感知地下火的运行
倾听岩浆的欢唱
有一天　世界上会没有我
没有我青春的躯体
没有恋人秀发的芬芳

但我坚信　南北极的冰岸会砰然碎裂
黑夜中再无诗人的忧伤
愿闪闪的北斗
照亮我的双眼
愿清凉的春风
褪下我臃肿的冬装
就这样　我记取今夜的徘徊
等待明日的霞光

1978 年

最初的大海

树

顶一枚灼热的太阳
为土地遮一片荫凉

贝壳

漫长的一生腐烂了
装饰却永恒

沙蟹

每一个浪头都是山峰
每一条水纹都是长城

脚印

先行者的遗弃
后来者的业绩

礁石

海水溶蚀了黑色的肌肉
只剩下思想的额头

珍珠

大海失去的只是一颗沙粒
一粒沙失去的却是整个大海

沙滩

潮退了又是潮涨
潮涨了又是潮退

1979年9月

树
顶一枚灼热的太阳
为土地遮一片荫凉
贝壳
漫长的一生腐烂了
装饰却永恒
沙蟹
每一个浪头都是山峰
每一条水纹都是长城

最初的大海

树
顶一枚灼热的太阳
为土地遮一片荫凉
贝壳
漫长的一生腐烂了
装饰却永恒
沙蟹
每一个浪头都是山峰
每一条水纹都是长城
脚印
先行者的遗弃
后来者的业绩
礁石
海水溶蚀了黑色的肌肉
只剩下思想的额头
珍珠
大海失去的只是一颗沙粒
一粒沙失去的却是整个大海
沙滩
潮退了又是潮涨
潮涨了又是潮退

夜行

明月如霜
松枝蜿蜒
抹出缕缕清痕
人们都睡了
只有我长长的身影
拖着一片簌簌的落叶
穿过中庭

我想做一个不速之客
随便地叩开
不相识的房门
像在多年老友的家里
对着柔和的灯
品一盅家乡的芳茗
相对微笑着
迎来晶亮的启明
可一切都这样陌生

那里有母亲慈爱的眼睛
书桌前的灯　天幕上的星

你的一番置腹推心
我的一番凄苦伶仃

1980年4月

孤独

一个老人
坐在海滨的长椅上
平静的目光
随层层的潮水飞去

点点的白帆拴着海鸥归来
同伴们当年邀他一起出海

1981 年

百慕大三角

一切风帆都会垂落

一切呼唤都没有回波

一切解释都是假说

一切探索都没有结果

1981年2月

篮球队员

你们都穿一样的服装
个子也都差不多
只是号码不同
在画着白线的场地上
你们冲着　撞着
变换各种姿势
大手在抓什么
骨节在敲着谁
全体人只有一个目标
把成果装进篮子
可每次都装空了
于是一切又重新开始
甚至没有喘息的机会
千万张紧张的脸　叫喊的脸
应着乱七八糟的掌声
为你们助威
时辰到了

成果全结晶成数字

而你们累了　瘫了　大汗淋漓

人们却纷纷走散

只剩下满地的瓜子皮

1981 年 2 月

梦的变奏

寂静的中午
错落的灰墙
我在墙上向院落里望
蜈蚣也爬上我的手掌

一口　又一口
干燥的黄土覆盖着柜
太阳火辣辣地穿透一切
我嗅嗅空气　有没有臭味
妹妹啊　我的妹妹

我受不了了
让太阳照我吧
妈妈呢　妈妈

左右的亲戚纷纷散了
什么时候就剩我一个人

所有的悲哀和苦痛
都靠我瘦削的肩膀

我想起了一个什么故事
那边　一个老太婆看着我
我自己看着自己
她的眼光　我的眼光

墙门在洞开
我喘着气匆匆在飞跑
鞋底沿着肮脏的垃圾
找一支烟才不臭
找一支烟　我才不心慌

沿途的水龙头和唧筒
哗哗喷出绿色的泥浆
我俯下身呆呆地看着

抬起已浸湿的裤脚
缓缓走进浑浊的河
从一条到另一条

我也看见了　人们也说了
有一条河的河床是铁格网
所有的泥沙都被筛掉
水波越来越清凉
河水也还那么流长
两条河在交汇流淌
少年时认识的汉子
在中流洗菜
高高的颧骨
破旧的红背心
都还和过去一样

抬着大盆大盆的水

走过了多少年

还是这么多的伙伴

1981 年 5 月

我们家失过火

失火了　不知为什么
失这样大的火
谁丢的烟头也不知道
反正失了火
家里的东西烧完了
我的玩具也被烧掉
再也找不到

失过了火搬了家
爸爸妈妈很害怕
到处准备水
家里人多屋子小
到处摆满了水碗
我们走路很小心
谁也不敢打翻
水在冬天结了冰
爸爸的茶壶

妈妈的药罐
都结了冰
天一黑　哥哥　姐姐和我
悄悄上床睡觉
谁也不理谁
家里不敢生炉子　怕失火

我很冷　想要火
火烧起来像野兽的角
像凤凰的羽毛
火星会成星星
旧房子在火中喳喳叫
只可惜玩具都烧掉了

我想要火点蜡烛
半夜老鼠打架时
用它烧化所有的冰

烧热水　为妈妈冲热药
给爸爸冲上茶
我和哥哥　姐姐
洗洗脸　洗洗脚

但是没有火
我们同水碗一起生活

1981 年 5 月

三角帆

我把纸船和信天翁的断翼
拼成我的三角帆

升起吧　三角帆
在那忧郁的海底
一串串绿色的礁石
渴望风　渴望蓝天
三角帆　你是最初
露出海面的高山之巅
凝集着所有溺水者的目光
凝集着独木舟的向往
向着海洋
向着比海洋还要广阔的地方

一切都要探索　要发现
一切心灵的帆　都要驶出港湾
我的三角帆　要为每一条海岸

为每一枝棕榈　每一粒贝壳
带去可可和盐
它会像浮动的金字塔
让陌生的大陆
懂得彼岸的痛苦
懂得风暴里的日子
我希望每一个岛屿
伸出厚实的沙滩迎接帆
迎接希望和爱
让所有的海港敞开
让所有的人
在这片洁白的日历上
留下签名和记忆

有谁对我的帆说
不可知的大海上
灰色的钟声无边蔓延

只有一个又一个的浪
然而　我的帆影下
有蓝色的风　银色的月
有鱼美人湿漉漉地出浴
我单纯地想　如果海能平静
我的帆宁可不要勇敢
风筝能顺利地飞向星空
不是更好吗

也许　等所有的大陆板块合拢了
在长满相思豆的海滩上
一个少女会用淡绿色的手绢
从我痉挛的手上把三角帆交换去

1981 年

微笑之境

1982~1984

冷言

猫头鹰一次次交换着树枝
斜长的杨叶半遮了月光
蝉说的全是谎言
萤火虫叮在草丛里
反复体验自己的思想
阵风过了
露珠润湿林间小路
大大小小的石头
涂上若明若暗的霜

座位

教室里有我的一张座位
常常　清凉的风
拂过起伏的书页
要不倦了　就画着
弯曲的图案和熟悉的名字

终于　我走了
身后留出了一张空空的座位

1982年1月

残像

我的年华　和情感的岁月
都已悄然流逝
可人们的脑海里
仍雕塑着一幅我昨日的残像

一瞬的印象　一瞥的目光
交织成一面冷光的网
它终生萦绕我
我被钉在这永恒的十字架上

我害怕那已逝的罗网
我更害怕那将来的罗网
它来到时　我的残像
又会闪烁出残酷的光芒

我的手还会发抖
我的心还会发慌

我的血会和别人的血一起迸出
涂在开满枫叶的墙上

1982年5月

断章

月亮在树梢的边缘上
刻出明亮的齿轮
街灯如生日的蜡烛
照耀着你的面庞

所有的自行车回家了
不安的步履仍在摇晃
一圈圈的年轮
在植物的灵魂中生长
而青春悄然萌发　冲动
然后淡忘

心是远去了
遥遥的期待却在身边
绵延而悠长
回忆和梦　从今日起
会同样伸向两极的星光

什么话也不要说
像什么事也没有做过
一次次叩响门环的
是飘无踪影的风
不承认有那鲜红的手掌

只有你见了大海
才懂得　洗涤尘世的波浪
而大山却隐埋着你的家乡
我在山与海之间
将一丝温情显露
把一丝坚强深藏

快带走这一缕残香
只需记住这张落叶的书签
曾吸收过夏天的阳光
要是留下什么　就为

缄默的唇做话题

伴随纯真的想往

1982年7月23日

金子

人死了
才会像纯金
再也打不上新的烙印
我多么愿
像金子一样地死去
散落的身躯
埋入茫茫的沙层
然后　在长久的流年里
听一个少女
用细细的指尖
挖掘我的声音

1983 年 3 月

最后一片树叶

你站在冬天的枝头上
在寒风的摇摆中屹立
像一只没有闭上的眼睛

暴风雪在狂欢　舞蹈
茅屋垂下干枯的檐草
嘴唇在湖岸上　凝冻
再也不要说话
大地用洁白的面具保护自己
不被冻死

你为什么还在高高的枝头站着呢
你难道没有看见
所有的树叶都在大地上死去
肉体腐烂　只留下青色的网络
映照淡蓝色的雪层　像是思想
你那一只眼睛也正在这样地腐烂么

你不害怕暴风雪开枪射击你
用漫天的霰粒射击你
像打中一只麻雀
只开一朵血肉纷飞的花

积蓄的是春天的热情
积蓄的是夏天的精力
积蓄的是秋天的经验
你站着　然而
你　树干里太阳一样的心
都快支持不住了
倾斜地移向南方
浸出了疤节围绕的血痕
寒冷却不管一切
风在切割你细细的根柄
像手术刀切断最后粘连的视神经
一阵阵牵心的痛苦

一阵阵目眩头晕
你　在风中变形

暴风雪放不过你　虽然
一个　无关大局
但　只要有你
便是嘲笑　便是否定
它们知道　你亲眼看见
寒流怎样将小草连根拔掉
冻结了石头　吹水成冰
因此　它们害怕你控诉
用一望无际的生机
用永不消失的活力
在春天

不甘心被吹落
不甘心在一个黑暗的洞穴里

冷冰冰地埋葬　腐烂

你站着

便为树枝　这古怪的几何图形

找到一个目光的核心

便为一片灰暗的树林

竖起一面微小的

拍动着翅膀的旗

你站着　莫非你已

越过了广袤的　冷冷的　时空

摆脱了在身边短暂环绕的界限

看到了茫茫大海的另一边

在赤裸裸的热带阳光下

一个个白沫围绕的海岛

像一颗颗蔚蓝的眼珠

椰子树　伸出长长的睫毛

向你凝视　向你微笑

和你一起渴望

用毛茸茸的　碧绿的树叶

缀满这个弯曲的世界

1983 年 4 月

你站在冬天的枝头上
在寒风的摇摆中屹立
像一只没有闭上的眼睛
暴风雪在狂欢　舞蹈
茅屋垂下干枯的檐草
嘴唇在湖岸上　凝冻
再也不要说话

最后一片树叶

你站在冬天的枝头上
在寒风的摇摆中屹立
像一只没有闭上的眼睛
暴风雪在狂欢　舞蹈
茅屋垂下干枯的檐草
嘴唇在湖岸上　凝冻
再也不要说话
大地用洁白的面具保护自己
不被冻死
你为什么还在高高的枝头站着呢
你难道没有看见
所有的树叶都在大地上死去
肉体腐烂　只留下青色的网络
映照淡蓝色的雪层　像是思想
你那一只眼睛也正在这样地腐烂么
你不害怕暴风雪开枪射击你
用漫天的霰粒射击你

秋日

秋日

汽笛拉响了

船上的黎明

河上的风

掠过形影相吊的红枫

山和岩石在啸叫

无数的苇叶摇晃出青色

摇摆出一天的水与云

钟竭力不响

竭力保持花纹的坚贞

水涡中的小草

想不跌入一团团急流深深

柴扉上的茱萸剑撕碎了

木桌上横流的黄酒

残留着昨夜的月影

在这清晨　一个灵魂

冷冷地苏醒　长长的发

拂过旷世希声的琴

1983 年

有形

人和历史　不能
总在一个椭圆中循环
或者　蠕动在一个个
正方块的边缘
什么时候　我能
摆脱一条悠长悠长的底线
在一个广阔无形的三角中
找到金字塔般下垂的两条边
然后　伸展出斜披的翅膀
向着闪光的顶点
无声地渐飞

1983年5月

小虫之死

好不容易　小虫从窗外飞进来
犹如一个欢乐的精灵
在夜灯的晕环里狂舞

它不要在草丛里低低地呼唤
也不愿在湖岸上发亮　飞升
它知道　它就要活过夏天
要让最后的热忱
铺展一幅生命的羽衣

我坐在高高的椅子上
身后是沉沉的空间
脑中积压着火山的熔岩
手臂里　埋藏着石斧的力量
和所有银杏树　云杉树的纤维
我凝视着　在一瞬间
或者　在一个世纪

第一次的兴奋
第一次的舞蹈
第一次的沉醉
但是　我举起了手

举起了
就不愿意收回
我要亲手在今夜
在暖调的灯下
模仿一回宇宙的残忍

小虫死了
手指正好打中它
黑色的身躯翻倒
褐色的栎木桌像一片宽厚宁静的大陆
细微的触角再不会吹出花间的曲调
再不会舞蹈　再不会笑

时间　凝固又绵长

然而　在咫尺之遥

有母亲在等它回家

有朋友在盼望它

带回一个新鲜浪漫的故事

只有记忆积淀成历史

肉体还原为尘土

1983 年夏

雁

我们　好像被注定
飞翔在这一段空间
所有的痛苦和欢爱
都离不开　南与北
这两条遥遥的界限

秋里想春
思想的种子撒在风里
北方的森林里
低低隐藏着无数红色的果子

春里想秋
静静的白莲睡着
而头却枕着宽阔的湖
一阵阵青色的波纹
永远拍向天边

然而　我们总热望
总是在朝霞里
一遍遍伸开翅膀
一遍遍地让青春
反复在莽莽的群山

又有彩虹　为无尽的地平线
装点起美丽的花环
行程中　每一次瞬间的美丽
都传颂在我们中间

最后　我们来回耕出的云霓
被阳光一道道地投射在大地
它让每一个后来的伙伴
挑选最真实的道路

1983年

冷言

猫头鹰一次次交换着树枝
斜长的杨叶半遮了月光

蝉说的全是谎言
萤火虫叮在草丛里
反复体验自己的思想

阵风过了
露珠润湿林间小路
大大小小的石头
涂上若明若暗的霜

1984 年

燕山春风

一

北望居庸关　东望郁郁苍苍的明陵
我站在山间的露台上
第一次看这强劲的塞上春风
春风　穿过巨大的扇形山口
向着一望无际的华北大地扑来了
一排排青色的杨树　苹果树
在喘息　摇撼　晃动
枝干上一朵朵粗大的　冻僵的叶蕾
转眼间孵化成振翅待飞的雏鸟
一片灰绒绒
去秋的尘埃　蝉蜕和山砂
在金色的阳光中飞舞　啸叫　飘动
如一群闪烁的星星
就要升上无尽的青空
一条条萧瑟的山谷
长出新绿蒙茸茸

一道道蜿蜒的河流
如闪亮的白蛇　在翻身解冻
一群群灰色的村落
绿树发葱茏
军营　城镇和房舍上
一面面旗帜尽随风
春风　你把这燕山的一草一木吹得青
葱葱
你那无敌的力量一直推进到大海东

二

我从午梦里醒来
这凛冽的气流吹我　身如穿洞
广漠的林野间
绿色的蒸气在迅走流动
野马也尘埃也生物之息相吹也
庄子千年前的话语　如敲响的钟

是啊　为什么站在了这里
我何所来　何所去　何所终
南望京华大城　烟雾郁郁　云树苍苍
看闪闪灯影　碌碌衣冠　衮衮诸公
多少笑脸　多少旧友　多少新朋
我何苦做河山英雄梦
担家国责任重
前不可比古人　后不可比来者
徒然地积压这人世的苦痛
千秋后何处去寻今日的行踪
此时又谁知心头的隐衷
也许　青春的肢体
就这样散落在大风中
也许　此生就这样
衣袖冷冷　两手空空
坐待白头作老翁
也许　终枉抛热血
陡耗心力　空费移山功

为什么不做空中白云流转海天涯
为什么不灯影梦里　低斟浅唱
依红偎翠　一醉饮千钟
为什么不远离尘嚣　皓首穷经
青灯读史　敛身作书虫
为什么不乘桴游海　寻仙服药
木杵撞钟　月下听山松
为什么不能低一低头
躬一躬身　躲躲迎头风
人能活多久　在下为蝼蚁食
在上为鸟鸢食　谁不是
老死黄土垄
只有山根旁　初发的山花殷殷红

三

当我从风中醒来
年光去矣　依旧是

柳絮舞春风　桃花笑春风
而我　头上添几缕白发
脸庞增几丝衰容
我该冷些　冷静些了
让我像一枚落叶
高高地飘飞在风中
看广袤的原野
有杜宇催春　万木争荣
有农人暮回朝起
有工人天天上工
有孩子们欢乐的笑语
也有我的汗流浃背的劳动
也许我终无所为
可该感受泥土的芳香
把心血洒落在雨里
把骨殖洒落在风中

是啊　风后有丽日　有暴雨

丽日暴雨后又有风
人生无不变者　无不化者
风化石如泥　风吹树如松
风吹星落雾散　海啸泽涌
细微处有喘息　大块处有响动
忠诚　犀利的风啊
你这不可抗拒的生命的律吕
腐朽者灭亡　璀璨者新生
我终于在风中透彻悟通
人生该是一阵呼啸的风
一派鲜活灵灵的精神
一片神采飘扬的飞动
让衣襟开敞吧
让柔嫩者　潮湿者随风而去
只剩下浓烈的血　瘦硬的胸
人生舞台上　生存竞争中
我们躲不开　只能迎面强劲的风

如果爱恋如梦　人生如梦
让我把这梦幻转眼都抛空
如果青春如风　生命如风
就让我行万里路　读万卷书
沐万斛的长风
我活着　该像一面旗
灵魂是那久长的风
我活着　该像一株树
在石上蔓延出碧绿的帐篷
我活着　该像一只鸟
在风中展翅成扶摇的大鹏
风啊　我永远顺从你的旗帜
听从你的号角
你永远是欢乐的剑　胜利的钟

1983 年

北望居庸关　东望郁郁苍苍的明陵
我站在山间的露台上
第一次看这强劲的塞上春风
春风　穿过巨大的扇形山口
向着一望无际的华北大地扑来了
一排排青色的杨树　苹果树
在喘息　摇撼　晃动
枝干上一朵朵粗大的　冻僵的叶蕾
转眼间孵化成振翅待飞的雏鸟
一片灰绒绒

燕山春风

北望居庸关　东望郁郁苍苍的明陵
我站在山间的露台上
第一次看这强劲的塞上春风
春风　穿过巨大的扇形山口
向着一望无际的华北大地扑来了
一排排青色的杨树　苹果树
在喘息　摇撼　晃动
枝干上一朵朵粗大的　冻僵的叶蕾
转眼间孵化成振翅待飞的雏鸟
一片灰绒绒
去秋的尘埃　蝉蜕和山砂
在金色的阳光中飞舞　啸叫　飘动
如一群闪烁的星星
就要升上无尽的青空
一条条萧瑟的山谷
长出新绿蒙茸茸
一道道蜿蜒的河流

石像

我愿我是一尊石像
我愿我的心是石头
——如果心常摇摆
　　我宁愿没有心

没有目光　没有言语
几乎什么都没有
如果太阳给予我温暖
我全部散发给土地

是站　永远地站下去
是跪　永远地跪下去
只要在自己的土地上
又面对着自己的土地

我愿我是一尊石像
因此　我常常问自己

有没有骨头

石头一样的骨头

1984年10月

微笑之境

1985~1987

焰火

像分娩一样期待
像成熟一样漫长
一寸寸流溢着希望的光阴
奔跑在喘息中欢乐中
这时连自己也淹没在黑暗里
最初的花序　升腾自泥土
火光的启示　源于沉默的痛楚
温热　在黑暗中传递上升

上山人

当你这一次终于被滔天的黄河
逼上了最后的河滩
当青青的芦苇摇曳　呀呀的水鸟呼叫
当血一般的残阳也在水那方沉落
当你凝视着洪水里垂死的千万只手
久久说出上山
这令人振奋　令人惊喜的字眼
说破生存还是毁灭的闪电
告诉我　你头顶的阴云开始失望消散
了吗
那一队白鹤开始低低飞翔了吗
告诉我　面对着自己的土地
你是不是　用崭新的词语
把自己凝望成新生者和解放者
你是不是就因此预感到一定会胜利
于是　你毫无顾忌地伸出双臂
把那汗湿的红背心当作旗帜
让它向无边的人群招展

当大山一下子拉开青色的屏障
当顶峰在红红紫紫的云端
冷冷地睥睨着向它爬行的道路
当山脉用绵长的手臂控制着所有的石头
告诉我　你是不是把昨夜的秘密和誓言
交给清亮的晨风去奔走传扬
——背上石头　绝不变成石头
变啊　让思想变成红红的血肉
血液烧成浓浓的醇酒
让眼睛变成心的两片叶子

当山风吹你　烈日晒你
当那年的上山人　那年追赶太阳的人
粉身碎骨地摔死
当聪明人谨慎地开口
——每一道石阶都是山峰　而你
只要一退后　就马上变成石头
告诉我　这时　你真的自信么

那先年里遗传下来的温热
真的在肌肉里烘烧出一片星星之火了么
你真的是　开山者所寄望的
用精神去理解　用行动去履行
那山壁上模模糊糊的文字的真正传人么
你是不是就在这时　把孩子般的冲动
变成了常在的责任　而你因此
一步千秋　成为了我的先导

当那些担子沉沉地压进了你的肩胛
压死了梦中柔嫩的花朵　使你沉默不语
它们在血管里伸出根须　吮吸你白白的脑汁
这时　你的喘息真的烧红了天边的云彩
你眼中的血丝真的是鲜红的图案
你难道不希望变成白云　变成清风
变成梅花
你真的用男人的双手捧着一个新生儿的

褴褛
要不　怎么会这般艰难　这般忍耐而又这般值得

当正午的太阳用独眼睛死死盯住你
当苍鹰也从山脊上惊慌地飞走
当道路上充满了险恶　阴谋和孤独
也许是最先清醒者的孤独　蛇一般缠绕你
甚至你的身边没有一个伴侣
那就让所有的人帮助你　把星星点点的力量给你
让石头　草根和小虫都来帮助你
帮助你在石头上一次次变换姿势
你也帮助你自己　你也相信你自己
这时　我听见了你深深的独白
就这样了——

当新的一步开垦出惊奇美丽的世界

当新土地　新麦子正坚强地分娩秋天
告诉我　是不是碧碧的大海开始在眉梢上方展现
你真的最先看到童年的梦境　看到传说中的神话
是不是那只船来了　那只漆着蔚蓝海水的船
那只把太阳拴在桅杆上做帽球的船来了
那庙宇里的莲花正湿淋淋地走下壁画去迎接它
这时　你的心胸里真的充满暴风雨过后的宁静
你的头颅里真是一片灿烂无边的阳光

这匆匆的步履创造生命之美
每一处都有新鲜湿润的雨水
当青春的竹杖　青春的铃铛漫山遍野响起

当那山菊花般的少女跨出队列
勇敢地走向爱情的祭礼
那成熟的高粱点燃了无数婚礼的蜡烛
看着她　所有的人都会说——
谁都阻挡不了这生活的大潮　欢乐的大潮
五彩缤纷的大潮　眼花缭乱的大潮
这时　请你告诉我　你真的最有权利
解释这生命　这历史　这一切的意义么

当步履使所有的石头复活　它们弹奏出音乐
当群山抬起了脖颈　使艺术的太阳学会
了剪影
使悲哀者的血液重新流动
又使嘲讽者的机智黯然失色
当你把崭新的意义还给山　树和溪流
让它们变成活灵灵的精神
请你告诉我　人的生命怎么能这样光辉
难道真的　一旦摆脱了所有的界线

而又获得了真正的界线
生命的价值就无限大　就能超越一切

当你开创的道路变成彩虹　钢铁般的彩虹
它托着叮叮咚咚的百合与欢乐的孩子日日上升
当循着你上山的人们真能抬起头来直起身来
当辛勤的劳作受到了景仰　欢呼和赞颂
当你也老了　光阴在脸上冲成了河谷
这时　你会回家的　回到你的小屋里去
青芦叶编织着它　红蓼花装饰着它
回到你的恋人　妻子和儿女身边去
她们从开始就为等待你点亮一盏水边的灯
那盏灯还在亮着　温暖而和煦
不在一个瞬间辉煌　也不在一个瞬间

黯淡

你会在这灯下　在柳丛铺成的床铺上
在这小小的摇篮里睡着　睡成了孩子

当我感受到你无暇他顾的目光
当我终于明白　什么是我的有生之年
当我要想一想　想想你　想想我自己
你能告诉我么　在你的欢呼声中
在欢呼声到来之前的间隙里
我是谁　我在哪里
我怎样才有童年的纯真　洁白的历史
要是我真的懂了　明白了
我会不管大海上升不升起我的风帆
书页上写不写下我的名字
也不管最终是消亡还是长存
我都要跳出那阴郁的窗户
跳进一个个火球般滚动的日子

请把一切告诉我
把生命　爱情和不朽的秘密告诉我
把奋斗　光荣和骄人的功勋告诉我
把痛苦　绝望和控制它们的力量告诉我
然后　让我跟你走啊走
走到醉人的霞光里去　走到迷人的神话里去
我会走的　会走的　要是我走了
我的儿子会说　爸爸是一个上山捉太阳的人
我的妻子也会为我点燃一盏灯　守着那盏灯
而我也会真正懂得——
那是一盏永恒的灯

1985 年

大海和它的月光

——甲子仲秋棒棰岛夜泳记

一

如果一开始就是语词　为什么沉默为金
如果海风吹透了肌肤　灵魂又怎能平静
人人都想成为上帝　谁是得救的众生
蓝白的湾流正在暮色里升起
汹涌迸散的水沫飞扑上颅顶

绵延的沙滩　洒落的生灵
一道道清冽水把砂线舔舐干净
是绚丽的晚霞在撕裂
这样热辣辣　活生生
落日也于缓慢中消溶
使我们每分每秒清醒

卵石白白将阳光丧尽
渐渐挤紧　重归于冰冷
手一寸寸麻木　心一分分坚硬

流溢的背景　树羽的剪影
阵阵变暗的光线中
正散去依依的人群

可毕竟遗下了这么多螺贝
彩釉的表面　精美的小室
耗尽了造物主幽深的心机
狭窄的空腔在风中与波涛呼应
几时又能归回大海宽阔的衣襟

碧绿的礁石倏忽间白发淋淋
上一次浪潮的纤夫　下一次浪潮的看客
怎能窥破瞬间的布景　幕后的长存
面对着全新的喧嚣
初具的构造　蔓延的发酵
有什么　如爱情小小的手掌
于苍茫中　紧握住碎裂的心

二

隐隐的防鲨网拦截了小岛
不知是吞噬还是困扰
沉积的珊瑚丛　游弋的变色鱼
织满多孔的触角　明灭的眼睛
你懦夫　你弱者　怎可能
反反复复地失去重量
让痉挛从大腿传递到足心
方才逆光的峭壁由明转暗
漫漫的白光　座座的黑影
又是捉摸不定的关键时分

掀开启蒙的书页　风云的论文
赫胥黎　此时　铅色的集装箱
无处不在的探测器
为百年预言作了多重印证
也许你在冷寂的海沟栖息

正感受水温的变换　板块的飘移
千寻深处在吐火喷烟　真的此刻
尼摩船长　鹦鹉螺号已启锚扬尘

青春如风　在那欢庆的节日夜
秋草密密的北方铁路线上
那老朋友身形踽踽　叹息沉沉
形而上的关切　一己者的责任
遥遥对举的智慧与热血
永远撼动一个男人的心
病者是谁　是他　是自己的神经
轰鸣滚动的车轮　刺入眼帘的车灯
我们　从夜半战栗到黎明

亿年前的月下　半鱼半兽的两栖类
湿漉漉地登岸　哗啦啦将水珠抖散
孤单的个体　渴望存活
血红的口腔　狰狞的牙齿

群山变动的日子　冰川消退成道路
相像的眼珠犀亮　笨拙的足蹄坚定
是闪电的刹那　它嚎叫着变成此身
谁精细的内衣微微湿润
那些皮与甲　鳞与角呢
只剩下了人　上岸来做什么
多余的思想缠绕本无的灵魂

三

海市蜃境中　波动起悄悄水声
贝壳托举出粉红的美丽与丰盈
西风开始变暖　雨云开始播种
刚刚发蓝的空气　土地涂满了水彩
蕨叶挂满清亮的露滴　裸子树顶出雪线
桃金娘和罂粟花匍匐　向太阳顶礼
神庙夜　火堆旺了　颈戴花环的少女
把一条洁白的带子　献给妻子和母亲

美在指引斑斓变幻的生命
爱在牵动纷乱无主的心魂
是哪一派智者　在哪个月夜
把阿芙洛狄特和维纳斯合一
镜子的对面　凝望的瞳仁
像因为她　也像因为自己
茜蒙奈塔的羞怯　痛苦的剑与笔
灯的光晕　静静环绕了永恒

湿软的大网缀满血色星辰
挽歌里　海中女儿把伊卡诺斯托起
落日的伴唱也温柔含情
忠诚你　水兵守卫东方的水域
一次次　火云点燃旗帜　烟霞涂抹舰艇
忙乱时　鲜血　蜿蜒游回蓝藻
骨节腐蚀成暗礁　暴露成岛屿
不安的亡灵　水下正金铁交鸣

千秋萦心的战争　百年一梦的和平
环太平洋之灯　环太平洋之城
旧金山　新加坡　台北　天津
中秋月最圆　所有的海都涨潮
她　天涯的友人　也在望海吗
冷丁照来　是湾内风中的桅灯
暗中笼罩的是森森的白云塔影
流血吧心　流血吧苦难的种群
流尽白白的汗水　低贱的脑汁
让心血于魂悸魄动之际
岁岁献祭于受难的图腾

四

来世重生的希冀　曩者空绝的歌吟
水仙的倒影飘散了　满海空无一人
优美的飞行　沉重的溅落
伞形的水花　盛开在少年的梦境

最初的水泡这时咕咕哝哝
阴郁的水之线还横亘在胸
青青的骨头于苦涩中粘滞
凛冽的盐分在嘴唇上封冻
沉没的惧怕　汩汩地涌过了心底
若明若暗　微凉微咸　半轻半重
水波荡散了滑腻的喉液
口唇里流出齿血的腥红

知识的闪光高高在空
关心了多少行动
一举手　一投足　都来源于
间距的计算　敏感的神经丛
十链后失落了腕上滴答的钟
意识在喘息之隙浑沌
恍惚坠入失重的黑洞

大月垂垂升东　海面扶摇起

千万条远近闪烁的白龙
波光浸入眉弓　穿透紧闭的胸
瞬间是光明把海与身一脉贯通
经络的静电悄悄地消失
百会涌泉穴将空明吸拢
万重波浪上　飞　又静止不动
四周漾出扇形环状的波峰
释放出经年的沉疴与病痛

从头顶到肩后　波浪不息地拍涌
月光入水三尺　烛照翡翠的迷宫
潜泳时　水下白茫茫　雪茸茸
水光轻压在瞳孔　耳边轻音隆隆
光中水里有微粒碰撞鼓涌
深海传来木鱼声叮叮咚咚
在这流荡的大块水晶体内
生命似飘入异形青青的梦
喷泉的水沫　崭新的光华

在如霜海面上辉映交融
作枕水波隐隐　仰身明月溶溶
温热的泪溢出眼眶　又默默流回大海中
身下是千尺的海底　头上是无垠的苍穹
跃起回游　空无的蝴蝶
从脊背上脱出　高耸
款款　化入月朦朦

即逝的波纹　光中的浪痕
遍体都浸染上层层的碎鳞
心内那一幅幅荧光的网络
双核的螺旋　流线的鳍翼
开始无声息地组合　变形
一丛丛波心绽开出一朵朵玫瑰
陪伴额生菱角泪落珍珠的蛟人

每一寸肌肤都交付给海浪的熨帖
每一粒魂灵都迸裂给水光的白虹

大海上　再不见绰绰影踪

唯　月华抹抹　海浪重重

等满海渐渐金黄　水波缓缓成乐曲

宇宙这只大提琴开始奏鸣

月是端庄的琴头　海是起伏的琴身

一束束光之弦　会轻轻弹唱起

一个爱海的人

1987年

焰火

像分娩一样期待
像成熟一样漫长
一寸寸流溢着希望的光阴
奔跑在喘息中欢乐中
这时连自己也淹没在黑暗里

最初的花序　升腾自泥土
火光的启示　源于沉默的痛楚
温热　在黑暗中传递上升
沿着一道隐隐的脊柱

不是太阳　没有耀眼的光芒
不是月亮　没有温柔　安详
不是群星　不那么坚韧持长
一生只是一闪
临终也是一闪

一闪也就够了

要是悠悠无穷　兴亡寂灭
连太阳和星群
也都是一闪

但这一闪　却是光明的手臂
爆发出热烈的呼喊
但这一闪　却是汹涌的喷泉
倾泻出欢乐的泪雨
哦　这舞蹈　这美丽的图案
交织成盼望和幻想的空中花园
在这盛大的节日里

最终
只能是死灭解体
那就让飘飘扬扬的纸钱
把骨殖带回给大地

1987 年

像分娩一样期待
像成熟一样漫长
一寸寸流溢着希望的光阴
奔跑在喘息中欢乐中
这时连自己也淹没在黑暗里
最初的花序　升腾自泥土
火光的启示　源于沉默的痛楚
温热　在黑暗中传递上升
沿着一道隐隐的脊柱

焰火

像分娩一样期待
像成熟一样漫长
一寸寸流溢着希望的光阴
奔跑在喘息中欢乐中
这时连自己也淹没在黑暗里
最初的花序　升腾自泥土
火光的启示　源于沉默的痛楚
温热　在黑暗中传递上升
沿着一道隐隐的脊柱
不是太阳　没有耀眼的光芒
不是月亮　没有温柔　安详
不是群星　不那么坚韧持长
一生只是一闪
临终也是一闪
一闪也就够了
要是悠悠无穷　兴亡寂灭
连太阳和星群
也都是一闪

但这一闪　却是光明的手臂
爆发出热烈的呼喊
但这一闪　却是汹涌的喷泉
倾泻出欢乐的泪雨
哦　这舞蹈　这美丽的图案
交织成盼望和幻想的空中花园
在这盛大的节日里
最终
只能是死灭解体
那就让飘飘扬扬的纸钱
把骨殖带回给大地

微笑之境

1988~1990

海鸥

要是来到这个世界
就只为了
向大海　星空
和星空之上的太阳
凄厉而热情地　呼叫
儿时　在妈妈温暖的翼下
飞
青春　弧形的力
穿透节节粘连的指骨
伸向空间里交错地奋斗　纷争
总有一些雪茸茸的羽毛飘坠

随想

夏日　燥热　潮湿的林间
蚂蚁　蜂群　忙碌不停
秋天　肥硕的野兔
总营营构造　原野洞穴
将食粮深藏
冬　寒风劈啪作响
鹰
黑色的身影
掠过赭红山巅
高高君临于万物之上

人　筚路蓝缕时
成群结伙　歃血为盟
倘薄有家业
唯深交一二知心
余暇沉醉于儿女书香
若当巨贾政要

便深谋妻子　长闭朱门
只小憩的下午
独自在蓝石英窗前
遥望橙色的太阳

1990 年

废墟

你死了
覆盖着一片片紫红的枫叶
四根石柱
像四座冰冷的神

活生生地碎裂　变形
青草含着泪水生长
灵魂的影子托身于
沉默的躯体
金色的钟
眼球般被摘除
时间永远悄无声息
只有蟋蟀的琴
敲打着蓝色的夜

纤细和典雅
神秘和温情脉脉

经受不住有力的一击
耻辱和痛苦
凝成了记忆的皱纹
石头再也不愿睁开眼睛
只有小树用妖媚的树叶
碧绿地凝视风和太阳云

台阶
无数的脚印层层叠叠
一只蚂蚁慢慢地爬着
爬过了墙基
碧绿的芦苇丛中
碎骨斑斓
再没有力量挽救
一个灵魂腐烂的世界

阵雨之后　阳光闪过丛林

芒茸茸的绿叶中

头颅爆裂

光笔直落下

在黑夜和白昼之间

唯有恨

是壮年的力量

皮肤上一块隐隐作痛的青记

留在这里

却只有暗褐色的小路

流向了远方

1988 年

海鸥

要是来到这个世界
就只为了
向大海　星空
和星空之上的太阳
凄厉而热情地　呼叫

儿时　在妈妈温暖的翼下
飞
青春　弧形的力
穿透节节粘连的指骨
伸向空间里交错地奋斗　纷争
总有一些雪茸茸的羽毛飘坠

壮年　就领头飞
在列成旗角的阵前
撞开大气
让灰白色的琉璃

顺着身躯滑动　破碎

老了　就在队尾
用渐渐模糊的眼睛
看超越自己的形
看翻覆上升的群
然后　在坠海的一瞬间
赞美落日
领悟爱情

1988 年

要是来到这个世界
就只为了
向大海　星空
和星空之上的太阳
凄厉而热情地　呼叫
儿时　在妈妈温暖的翼下
飞

海鸥

要是来到这个世界
就只为了
向大海　星空
和星空之上的太阳
凄厉而热情地　呼叫
儿时　在妈妈温暖的翼下
飞
青春　弧形的力
穿透节节粘连的指骨
伸向空间里交错地奋斗　纷争
总有一些雪茸茸的羽毛飘坠
壮年　就领头飞
在列成旗角的阵前
撞开大气
让灰白色的琉璃
顺着身躯滑动　破碎
老了　就在队尾
用渐渐模糊的眼睛
看超越自已的形
看翻覆上升的群
然后　在坠海的一瞬间
赞美落日
领悟爱情

微笑之境

1991~1993

微笑之境

当秋天的雁唳掠过蓝天
当春日的潮水漫过堤岸
当六角雪花飘散在窗前
当青春悄然逝去
你只是微笑　而又缄默无言

当夜灯下的书页纷纷张开
当那些哲人的思想在星河中闪光
当飘落的枫叶鲜血般流动
当先导者一步步走上十字架
破碎的晨衣扰动了黎明
肺腑也有鲜血在滚烫

郊游

落日在青山这梳妆台一侧睡去
玩具般的空车在另一侧奔驰
光线在苹果树上闪烁
风中翻转了忽亮忽暗的银币

黄色的推土机停在河滩
怀疑着西天云中的雨意
水库一片片晃动着镜子
一点白岩躲进了深山秋季

一条条青藤从林中爬出
从四面围攻古陵的城池
绵延的山峦尽处
风还在唤醒先年的乐意

倘若心在康复
世界就越来越美丽

1991年

大戏

闪电弧光在不停地预告
天宇之间将上演一场大戏
飞云如剧中人显露出面影
飘摇的树枝做它的道具
雷声若鼓也在间歇响起

旷野上农夫收拾起草捆
城市里人们慌张地回家
等待看一场大戏

幕布闪动　大戏却久久未开场
只有雨悄悄地冲洗着大地
窗玻璃在流泪
满世界的景象
只是空无人迹

1991年

漂泊海洋

夜　我漂泊向海洋
头发飘散在海面
四肢在流水中伸展
融化进无边的波浪

海在身下动荡
月在身上闪亮
千里的清光洗白了额头
深陷的是黯淡的眼眶

白蒙蒙大气浮动
黑黝黝大陆沉降
云翳中的月亮　骑跨在
锥突的鲸背上

月　诱人新生
海　诱人死亡

灵与身都半黑半白
身旁有千百种鱼群生长

近处的岛屿悄悄地游泳
凝塑了一队队奇异形相
有的似恋及自身
有的似回首望乡

幽深处有旗角在飘扬
静默里有弱者在激昂
心律渐渐地不齐
水底又传来怪异的声响

广阔　又总是冰凉
一缕缕空明
从手心丝丝离去
带走了微薄的热量

一曲曲歌声零落
一瓣瓣鲜花开放
朽木　浮藻　海蛇
纠结缠绕成带状

暗红的血液稀释
盐分的肌肉鼓胀
寂寞之心木然
月啊　权当成中夜的太阳

星象缓慢地移向南方
海岬悄悄延伸了臂膀
火山在四周默默点燃
海弧面跳动起蜡烛之光

肌肤青青　天顶桔黄
世纪末如世纪初

激动　颤抖
又有一丝慌张

月晕中青色的小船
蓝光中轻轻荡漾
舟中那位美丽的少女
纯情是多年梦中的幻想

月光一束微微下降
笼罩了柔曼的纱帐
灵魂如婴儿形状
体内沁出了杏仁清香

海空仿佛是安谧的琴房
点点星光如粒粒音符
镶嵌在一弦弦的波浪
闪闪的图形如在定位导航

在大海中飘流又苏醒
唯有依靠心的希望
浓稠的蓝颜料中
狼牙般怪石间催快了桨

夜幕将去　天色将亮
海面上波浪仍在欢唱
一夜的云水和怒涛都在轰响
东方　缓缓升起混沌的太阳

1992 年

夜归

深夜的月光照着远方
路灯的影子又细又长
几千里的山水和人情
此刻在印象中悄悄淡忘

一排排高大的杨树
似老朋友等候路旁
最末端无倚的小树
如早年恋上的姑娘

道旁的灌木和绿枝
似浴着清光的纱帐
庄稼地里的宝贝
在帐中睡得正香

两条乌黑发亮的钢轨
延伸着青春的思想

路基闪闪烁烁的砾石
如旧日朦胧的向往

旅途上新长出的胡茬
又变得黑密而粗壮
终年的奔波与劳累
莫不就是手中黑色的皮箱

小树林刚刚拉起的蛛网
轻轻挂上了干燥的脸庞
怕是遇上了剪径的强人
心头陡地跳起一阵慌张

楼群间十字方砖地上
身后久久听得脚步声响
耐住性子让它紧跟一会
突然回首却又空空荡荡

楼前还停着那辆自行车
车梁落上了细细的尘霜
它还没被人偷走　满意中
又增添一丝平和与安康

钥匙在楼道里哗哗直响
可吵醒了刚刚入梦的街坊
迅速而孤单的音质
撞击成栏杆上的一串亮光

轻轻地推　房门无声开敞
迎面的气息熟悉而又空旷
孤单的家对孤单的人
是母亲的手臂　妻子的胸膛

面对着黑暗久久不语
深深地呼出一口气

渐渐看见淡淡的月光
穿窗照在洁白的墙上

1992 年 6 月

异日

我坐在宾馆大厅里
衣冠楚楚　领带猩红
身边走着先生与淑女
咖啡在桌上慢慢冒着热气
玫瑰色的玻璃
映出了我憔悴的面容
和瘦削的身躯

多年前　南国的山间
一位十八岁的健壮少年
拿着鞭梢　扶着犁耙
满脸汗水和污泥
周围是萧瑟的茅草
四面山低云暗　欲来风雨
在朔风中翻耕秋后的田地

1992年6月

诗人

中年的灯下　闲居无事
随意地读诗和诗人的传记
诗人的一生很复杂又很简单
风雨　泥泞　油灯
一次次新的旅程
恋爱　事业　友谊
一次次新的感情
但除了诗
诗人总是一事无成

1992 年 6 月

友谊

山间细小的瀑布
不停地冲击着一块石子
直到整体　留下均匀的印记

1992 年

给

是不是所有的街灯都亮了
正照耀着你的双目
那悠扬的乐曲已经奏响
人们开始双双起舞
而你却在广场上静默
如身旁冰冷的石柱

是不是朋友们纷纷离岸远去
浪花溅湿了身后的小路
风把海水吹白又吹绿
而你却久久站在岸边
如一株凝神远望的老树

是的　是你自己选择了孤独
可因为你仍有一副旧日的骨
是不是你的心灵深处
还有一处纯静的湖

心倘永远渴望着乐土
身就永远担得起这份痛楚
只是不知不觉中
年华已逝　长路日暮

1992 年

空中灵魂

夜晚　我散步在人行道上
透过树梢和楼影
蓦地看见自己的灵魂
如一只黑色的大鸟
高高地在空中飞翔
遥遥的灵魂
看着我步履匆匆
走过高山　河套　戈壁
看见我在办公室里　在书桌旁
看见我同姑娘约会
看见红色的地毯　蓝色的阴谋
而灵魂却一言不发
只径自地奔向星光

空中的灵魂是在告诉我
肉体行走在世界上
心却永远要飞扬

这高高的灵魂

是一个人永不泯灭的梦

是一个人的朴实和正直

是永远不要背叛正义和理想

1992年夏

殉道者

破碎的游云扑面而来
凌厉的长风当胸而来
你独自走在殉道路上
尘土纷纷扬上了长衣

日月顺着脊柱升起
星光沉落进深深的眉宇
旷野间屹立着风化的房屋
大道上滚动着金黄的谷粒

河流自低地爬过
群山从肩头隆起
心血凝集成经典
行程蜿蜒如陈迹

命运是远行　幸福就是孤寂
如果赤条条地来　赤条条地去

就让脚心藏一粒草籽
去地狱播种艳丽的花季

远方是起伏的沙丘
近处是干涸的戈壁
太阳　你举头仰望这光明
然后久久地珍藏在心里

1992 年

假寐

深夜　孤独者欢庆的节日
河边升起浓雾
二十年前的景色历历在目
蚕蜕　落在白昼里
蜷曲的浅色
尖利地触痛了神经

倚几而眠
怦怦而跳的心　只能倾听
灵魂如枫举起
白幡掩起了袅袅的厉歌
蓝色十字花绽成星座
夜女穿着紫色的夹袍
美丽诡异的笑意
朦胧地开放

没入黑暗前有假面具闪烁

肉身消退　一丛关切由耳游出
夜里的动物逡巡
人形的线条移过河畔之亭
偏僻的城垣
愁思与狂欢都极度兴奋

清冷相隔的板壁　无门可入
镶上一块巨大的穿衣镜
脸侧的屋角　星光穿大了窟窿
松针　解除了警惕　青青地直伸
紧握的果实渐渐张开
绳索都堆在屋角

一盏灯彻夜亮着
智慧进入不眠的瞳仁
脸颊上抽搐的肌肉
睁大的眼睛

在烛火里失神

胀红的血脉　淋漓的汗水

化成一尊玉佛　寸寸冰冷

等太阳从东方升起

我们就消隐

1992 年

波浪

海平静时你也同样平静
大海上织成精致的涟漪花纹
那些透明的线条　图案的构形
无风　便是纯粹的宁静

有一分喧闹你就会携手同行
有一分起伏你就会鼓涌不停
高高的云变成了胸中的倒影
变化的笑容　诡异而又轻盈

为了变成一朵奇异的花
水面在等待远方的风声

1992 年

海平静时你也同样平静
大海上织成精致的涟漪花纹
那些透明的线条　图案的构形
无风　便是纯粹的宁静
有一分喧闹你就会携手同行
有一分起伏你就会鼓涌不停
高高的云变成了胸中的倒影
变化的笑容　诡异而又轻盈
为了变成一朵奇异的花
水面在等待远方的风声

波浪

海平静时你也同样平静
大海上织成精致的涟漪花纹
那些透明的线条　图案的构形
无风　便是纯粹的宁静
有一分喧闹你就会携手同行
有一分起伏你就会鼓涌不停
高高的云变成了胸中的倒影
变化的笑容　诡异而又轻盈
为了变成一朵奇异的花
水面在等待远方的风声

weixiaozhijing

古堡

一

朋友　在这个流传着神话的国度
我出生了　没有任何选择
连大路上的石头都说
走吧　小小的男孩
我们走着同一条通向古堡的路
石头根须般的胡子在蠕动
新月斜斜悬在古堡的后颅
金子般的盔甲是它的墙
辫子是光影　一直拖到山背后
王子每天向树林里遥望
长着鸢尾花的河一直在流
灰姑娘的裙边镶在每朵小蓝花的叶缘
每天清晨　正午和傍晚
都会敲响一口钟
空空的钟膛积蓄了几十年的经验

火里烧过的经验
水里浸过的经验
钟的声音在头颅里重叠
长成了一只只蘑菇般的耳朵
我的天真　顺着钟声的圆柱
向弧形的天顶层层往上飞
我太沉了　这孩子不稳重
所有的树木都交换着评论
父亲指着星星　嘱咐我
要顺着小河往前走
不要拣银币般的石子
我听父亲的话走着
不知什么时候
太阳越来越晒　我突然一望
身边空旷了
只好迎着太阳　一千个太阳
折射着古堡黄金色的眼睛

那路上铺满云母板
上面有千层纸　每层都有
银斑和闪闪烁烁的咒语
我在阳光下
看了好久　才知道
钟的花纹复印在纸上
我欢读着　这庄严的符号
漠漠的人群一道欢读着
发现　在我的身前身后的来路上
也有许许多多和我一样的孩子
秃了顶的孩子
欢读的涛声压过了大麦
从遥遥的椰子树顶上
显现出圣洁铸成的白蛋壳

我们迈着整齐的步伐
走进了幻想的城

街道蛛网般地四散蔓延

水珠从眼底渐渐升起

我们吃完了随身带来的火柴棍

开始借别人的钮扣

一棵棵砍倒的圆木在脚下滚

一切都已发生

天使们飞快地降下

从红霞裁成的袈裟里

而另一些是地下长出来的蘑菇

蓝色的下装连成了一片

诉说着几十年森林的秘密

和在树丫枝柯处积附的雀巢

透过淫雨中的阳光

透过迷蒙的树枝和亿年前掠过的流星

长长地拖曳向我们

箭一般地肯定了

太阳城的梦幻

海洋啊　孩子的海洋
我们　都是
海洋中的一个三角
攻击和波动成了灵魂
要不就钉子般地死去
熔化在太阳坠落的废墟
却不知在阴森森的高处
宙斯　抽着烟斗
用小小的拇指　牵弄起
这一出尘世的木偶戏
你不承认　到分裂的地层深处去看看
去体会上几十年
知道吗没有人坐着快船
在世纪前的阳光曲线里
到克里特岛上去卖橄榄

二

夏天是永恒的
太阳吐着金黄的火苗
在一片长满了向日葵的土地上
疯狂地舞蹈
绿色的旋律遗忘了
另外三个季节
狗伸出血红的舌头
躲在马齿苋叶片下
而鱼在深层的水里
呼哧呼哧地喘气
而人们也
跳得像五月信风吹拂下
草原上摇晃的花朵
白色的和黄色的衬衫
铺展成一张张书页和田野

汗水和血

在胸襟上涔涔作响

梦想也渗出了黎明

阵雨里的雷声顺着屋角隆隆地走过

什么也别想打断我

半迷糊半清醒的早晨

一棵棵茅草秆竖在黄土里

人们说我在成功的花期

炎热的正午

流泪的蜡烛在燃烧

强烈的光线淹没了凝视的青烟

做做早操吧

记住　明天

六点整集合

一二一一二一报数

每一粒细胞勒紧在皮带里

每一滴汗液装在水壶里
白色的草帽在阳光下悸动
像琴台上的一盘按键
人们都这么喜欢改名字
也喜欢把一组组祖先的文字
刷上墙壁　潮湿的墙
能否容忍这么多神秘的符号
泥糊墙上的裂缝不必管它
如果爬出蟑螂和蚰蜒
那就掐死它　踩死它
小巷里的纸屑呀
不要追逐我的脚跟
追逐就追逐吧
我没做什么　我不害怕
真的　你别这样看着我
让别人看见了真不好
而我和许多人的心却承认

眼睛像月亮
嘴唇像紫红的罂粟花
我不怕　我要在山脚下等你
等待出现一片吐着清辉的月光
照着一排排流着溪水的竹林
我打心眼里不想说
也许　只有说了
才有这件事
才对得起你和我自己
从此山脚下　再不会有月亮
最后　我自作聪明地惋惜
它掉在浅浅的溪水里
一块石头算不得什么
无数块石头堆砌成天堂
石头在钟声中听清了自己
墙在肚子里　围成一条船
像是洪水里波动的方舟

载满了现代的思想
我们错了　我们错了
这沉重的声音像天上的合唱
反复地在心间回荡
像风拉起人们的衣角　像阴影
当他们走过冬日小桥
落雪半阴半晴地浮动在块状的心室
我们错了　我们错了
闷热在平原牵动千万条树枝
在困倦的黄昏摇摆　从树枝上
吹落皱旧的毡帽
它们在风中汇成流水
直到遮阳窗帘
挡住了房间

三

清晨之祭

露水在墓上结成红色的珠珠米
祭祀着男人和女人
同样对立的年代
月亮在铁栅栏前慢慢走着
辨认着黄锈的花纹
睫毛来回地在铁栏上
撞出冰冻的声响
白日　无数个躯体层层悬在空中
一道道蓝色的线把它们分割
每个小盒子里装一个
而潮湿的门口　一盏昏黄的灯
却将夜装扮得半明半暗
而你总是不安地醒来
心底漾溢着歌　而目光
却穿透短暂的生存
想着　那一天　会疼吗
会延续几分几秒　映山红

会不会用弹性的根伸入心脏
使花朵硕大彤红
也许炉火不再通红
斜斜倚上的平底锅不会烧裂
孩子已经回家
要是那一天不在家
也许还能拖延时光
抽空看看　城边的落日
树林里的枯叶和枕边的流水声
渐渐地　眸子收缩
最后的点像是白色的线团
恐怖围绕　而中心却装着永恒
泯灭的是没有时针的时间
写点东西吧　你有自白的权利
遥远的友人想不到这一切
他似乎也守着一个中心
力的眩晕　生的无条件

他的爱情局限在空气里

爱情需要定理证明

这定理　穿过潇潇雨夜

穿过提琴波动的形状

想穿透一切　即使撕裂了诱惑的树叶

亚当和夏娃都被上帝注定

如今夏娃要先走

不再是一片肋骨

奇怪历史被男人围绕

胡须和指纹

冷藏在密密的档案里

遗传学推广普及

四

石头醒了

古堡里最可怕的事终于发生

没有口　没有眼睛

宇宙里　太初中

只有石头

沿着边缘的曲线

顺着荒草的抚摸

一个崇高的愿望

在体内返回

知道　就恍然大悟

　　　就引人入胜

　　　就自由

自由地在空间的场中芸芸环飞

自由地把碎裂的躯体散落在大地

自由在每个人的心中

自由在悬崖的边上

那年　它走进了火山的心脏

熊熊燃烧的一张节日灯纸

撕破这红纸

火山就是患了晚期痨病的患者
浓粘混浊的液体
顺着石灰岩的缝隙溶解
结成了森然搏人的鸱枭
能越过结石么
留下棱角　留下热情
数千万年的细胞
挣扎在皮上
妥协在皮上
石头轰开大地嘴唇之后
声音就逃逸到天空
凝成霞与电
每个大风的夜里
照亮惨白的面孔和灵魂

不知不觉中　我身上
长出一片片麦穗

阳光照过　它们金黄
等月光渐渐攀上
它们还原成乌黑
所有的哲人和历史
都在身上开垦出一片片田地
播撒他们自己的种子
散发着他们各自的香味
而我自己也留一片田地
给少女柔软的嘴唇与手臂
火热而无私　捐献
而这一片田地连着一条条银色的琴弦
人类的声音都从身上流过
我就这样看见了她
在梦中的古画里
是啊　在这幅连绵不断的爱之乐章中
我的音符鲤鱼般跳起
像波峰拉起水流的两端

面前只有宇宙湛蓝的回音壁
星星在胁下的波谷间跳跃
银白色的水鸟　对我审视
邀我飞翔　向着新的隆起

让我走吧
让我离开这古堡
让我走进画布里
要不　我就永远在这里
如一座纪念碑
在十丈之内
诉说着生的意义
最后的石头上
铭刻着小小的音符
我的后代子孙
从这沟痕里
用指甲抠出了久远的

姓名和幸福

1992年6月

深夜

深夜　所有的存在物都睡去
一颗星在哭泣
我躺在黑暗的缝隙中
凝视着星星的一线泪水
垂落到梦里
身躯渐渐化成死寂的树木
风中传来了远山喑哑的鸟语
群山和森林封闭成湖
蓬蓬高高举起
看看自己的叶缘
珠蚌光滑而晶莹
张开粉红的嘴捕捉惊奇
夜中孤独者
找到了与人隔绝
而与万物相通的机会

1993年

蘑菇

柔软　湿润　阴冷　我的族人
沉默地生长在林下　湖滨
一柄小伞　顶起一个家
吸吮着土砾的苦涩　露水的芬芳

瘦弱的种孢处处扎根
雨季中会悄悄突起新的大群
遇水而生　随风而去
晴日放飞了离乡背井的子孙

首领拄着阳光的拐杖巡视四方
世界的内心安静而幽深
苍老失水的耳朵
在柔软的植被上轻轻谛听

失意者躲在落叶的树根
喃喃诉说自己的姓名
月亮远远地照了别处

星星的光线却在身旁衬映

纯情的女孩永远在寻找爱情
小花帽上闪动着多情的眼睛
男子汉却渐渐懂得了仇恨
有毒的血液从心循环到全身

同腐草为伍　与天地共存
死去了是渣滓　活下来是精品
一枚枚圆形的头颅采摘不尽
模仿着穹庐般的天顶

队伍如朝山香客　一年年
自林间爬向高高的山岭
而在中央世界的太阳眼里
永远是一组款款起舞的大家庭

1993 年

悬崖

远远的一座孤独的头像
在悠久的岁月里历尽沧桑
飞云变成了飘扬的长发
小树杂草如胡须渐长渐长

泪水在干涸的瀑布里蒸发
岩石的褶皱添几分慈祥
风每日轻轻抚摸脸颊
小河在面前温柔地流淌

赤裸的筋骨支撑起破碎的身躯
断裂的肌肉也失去了力量
只有深黑的夜里　突然划过的闪电
照耀出本来狰狞的面庞

1993 年

初秋

秋日里我静静坐在城郊
窗外是青色的小树林
蒲公英接向天际
芳草遮盖了楼前小道

铁红的楼畔是一所古堡
高高的尖顶刺向云霄
西山的朝晖夕照间
多少雄心柔情雾移烟消

世界在动荡　政权在更迭
疆界划定又被推倒
少年的理想　终生的信念
难道我们注定了总是徒劳

深黑的夜半　暴风雨
呜咽着凌空掠过房屋

雪亮的一记闪电中
整个世界在奔腾呼号

1993 年

鱼群

繁多　湿滑　拥挤
畸变　诡异　冰冷
有色无光　有形无影
裸露着一群群幽灵

日月投光与热入水
一时温暖了半透明的表层
雷雨纷乱的脚步
偶尔踏响深黑的房顶

随海流回游　按层位觅食
区域的大洋有千百种主人
凶残者孤独　柔弱者成群
存活与繁衍是生命的核心

海底的瑶草琪花　流光溢彩
是充满危机的美丽风景

尖齿　利鳍　温柔水流
有时箭一般快　风一般轻

与同类共死　与异类同生
自由　看谁更迅猛　更机敏
扭动的尾翼　消散的血沫
微微晃动后又是一片宁静

熟识的眼睛相向
如黑夜大街上的路灯
怪诞的笑容　奇特的表情
褐色的血液　汇流于压扁的心

美丽者上浮　丑陋者下沉
组合成活泼自然的大家庭
海面上点点的荧光
是代代亡殁者的残鳞

最不幸抑或最幸运者

是被清晨的海鸟抓破脊肚

眼白之惊奇　滴红之躯

随亘古未有的太阳上升

1993年8月

微笑之境

当秋天的雁唳掠过蓝天
当春日的潮水漫过堤岸
当六角雪花飘散在窗前
当青春悄然逝去
你只是微笑　而又缄默无言

当夜灯下的书页纷纷张开
当哲人的思想在星河中闪光
当飘落的枫叶鲜血般流动
当先导者一步步走上十字架
破碎的晨衣扰动了黎明
肺腑也有鲜血在滚烫
喉头也有泪水在哽咽
你只是微笑　而又缄默无言

当四面都是潮水　心却孤立无援
当所有的朋友都离去

往事都成为梦幻
雪粒又打湿了睫毛
寒风又吹彻了脊骨
人们都变得冷漠而刚强
你只是微笑　而又缄默无言

当海洋风吹乱城市
当蔚蓝色的钟声飘来
青色的鸽翼飞去
当远去的朋友纷纷回来
探望一个多年前的故人
而秋天渐渐深入金黄的麦田
你只是微笑　而又缄默无言

当老树的枝柯横在墓地的上方
当泥土慢慢覆盖了落英
而烈火渐渐从地层涌起

开始灼热四肢和身躯

身旁似响起早年恋人的呼唤

在终无尽头的黑暗面前

你只是微笑　而又缄默无言

1993 年

后　记

《微笑之境》由敦煌文艺出版社1996年初版。这次再版，个别字词作了修改。这些诗基本上是20世纪特别是八九十年代的作品，反映了我当时的诗歌观念、思想心理和写作手法。也可以认为，没有深刻的改革，思想往往是沉郁的。在这个意义上，它同样反映了现在和未来。

本书再版得到了敦煌文艺出版社王忠民兄的大力帮助支持，在此谨表示深深的感谢。

孙霄兵

2015年1月于北京西城